ボクは相棒、リコ

佐藤 恵一

SATO Keiichi

文芸社

目次

ボクは相棒、リコ …… 7

ボクは相棒、リコ

ボクはリコ。相棒と暮らし始めて12年になる。どうしてそんな呼び方なんだって？

それは彼がボクを相棒って呼んだから。

①ドリームボックスのある動物愛護センターに

ボクは12年前、今と違うお家《うち》で飼われていたんだ。ある日、ボクはその家の御主人様とお散歩に行ったんだ。

ボクはお散歩が大好き!!

リードをグイグイと引っ張っていつもの様に歩いていた。すると彼がボクの首輪を外したんだ。リードがなくなったボクは自由に歩き回れる様になって草むらを走り回った。

しばらくして後ろを振り返ると彼が居ない。

ボクはびっくりして公園中を走り回って探した。いつも行く噴水、コーヒーショップと色々探したけど見つからない。

ボクはここだよ!!

それから何日経《た》ったのだろう…。

ボクはお腹も空いてフラフラ…。

そんな時だった。灰色の服を着た人達がボクの所に来て抱き上げた。

〝やった！　これでお家《うち》に帰れるぞ！〟

ボクはそう思ってうれしくなった。

だけど連れてこられたのは、ミドリ色に塗《ぬ》られたコンクリートに囲まれた大きくて冷たい部屋。そこにはボクの仲間が居た。

人が来てうれしそうにシッポを振る子。

不安な声を上げて鳴いている子。

何かを諦めて何も興味を示さない子。

部屋の中には、そんな仲間がたくさん居た。

ボクはそれを見てとっても恐くて不安な気持ちになった。

ここに来て数日が過ぎた。お迎えはない。

この部屋の仲間もボクより前に来た子達は部屋ごとに1日ずつ、トナリの部屋に移動させられていって最後はドリームボックスに入っていく。

そこに入った子達の姿は二度と見る事はなかった。ボクもその部屋に近づいている。

そんなある時、ひとりのおばさんがボクの写真を撮っていった。

それから数日してボクが最後の部屋に移動する日が来た。もうこの時のボクは、今迄自分が呼ばれていた名前すら忘れていた。

その時、ボクの写真を撮っていたおばさんがニコニコしながらボクの所にきた。

〝不安だったね、恐かったね、お迎えに来たよ〟

そう言って灰色の服を着た人に何かを話し、ボクを部屋から出しておばさんの所に。

おばさんはボクに言った。

〝新しいお家《うち》に行こうね〟

②保護犬支援団体

おばさんの家に着くと仲間がたくさん居た。
〝皆、新しいお友達よ、仲良くしてね〟
そう声をかけながら誰も居ない部屋へ。
〝少しゴハンを食べましょうか〟
そう言ってボクに用意をしてくれた。
でもボクはあまり食べる事ができなかった。
ミドリ色した部屋に居てボクの体力はすっかりなくなっていた。
ボクが連れてこられた所は、飼い主に捨てられたり、多頭飼育崩壊や虐待を受けた子達を収容する施設。そこではボク達の面倒を様々な人達がボランティアとして見てくれる。

病気にかかっていないか診てくれる先生。

カラダをキレイにしてくれるトリマーさん。

ボク達のココロのケアをしながら遊んだり散歩に連れていってくれる人達。

そこには次の飼い主さんを見つけてくれる、里親制度がある。その行程は、
①お見合い→②トライアル→③正式譲渡
譲渡会というイベントでお見合い。

次に里親さんとの相性を見る為に、２週間程、里親さんの家で一緒に生活（トライアル）。

問題がなければそのまま正式譲渡。

里親になるにも色々条件がある。

それはまた、ボク達が悲《かな》しい思いをしない様に。

皆もこれから動物が飼いたくなったら、譲渡会に遊びに来てね。ペットショップに居る小さい子達も可愛いけど、ボク達だって負けない位可愛いんだから！

一週間経《た》った。ボクも体力が戻ってきて食欲も出てきた時だった。おばさんがボクに、〝明日、お見合いするよ、リコちゃん〟

〝明日会う人が名前を考えておいてくれたよ、キレイにして会いに行こうね〟

そう言ってボクを洗ってくれた。

〝ボクは男の子なのに女の子みたいな名前だなあ、明日会う人はどんな人？〟

シャンプーをしてもらいながら考えていた。

③相棒

翌朝、ゴハンを食べた後、おばさんと待ち合わせ場所の駅へ向かった。

おばさんはその人を見つけると声を掛けた。

〝おはようございます、この子ですよ！　あれっ？〟

ボクは恥ずかしくなっておばさんの足の後ろに隠れた。すると彼は笑顔で座ってボクに顔を近づけてきて、

〝初めまして、リコ。これからよろしくね。少し一緒にお散歩しようか〟

そう言っておばさんからリードを受け取った。しばらく3人で近くの公園迄歩いた。

ボクは散歩が大好きだけど前の事があって不安になった。歩きながらボク
が少し歩いては後ろを見上げてを繰り返していると、
〝大丈夫だよリコ、俺は居なくならないよ〟
彼が優しく話しかけてくれた。
その日は、公園散歩をして別れた。
家に戻るとボクに、
〝今度の土曜日、新しいお家《うち》に近くよ〟
おばさんはうれしそうに言った。

③相棒

スヤスヤ…。ボクはいつもたくさんのぬいぐるみに囲まれて寝ている。
綿出ししてサヨナラしちゃうぬいぐるみもまた、たくさんあるけどね。

④新しいお家《うち》

土曜日の朝を迎えた。

ボクはおばさんに抱っこされてクルマの助手席へ。走り始めると少し開いていた窓から冷たい風が。今は12月。しばらく走って家に到着。

おばさんがインターホンを押した。

〃いらっしゃい、道迷いませんでしたか。リコ、着いたね、入っておいで〃

あの時の彼が出迎えてくれた。

案内されて2階に。家の中は木のいい匂いがする。新しいお家《うち》の様だ。

〃リコのお部屋だよ〃

案内されて入ると、足元は絨毯が敷いてあって部屋の広さは六畳くらい。奥に小さい机が置いてあった。その下にボクのベッドが用意されていた。机の高さがちょうどボクの背の高さ位で安心できる空間だ。

〃リコ、気に入ってくれたかな〃

それを聞き終わる前に、ボクはベッドの横に置いてあったぬいぐるみが目に留まり走る！

〃リコが好きなおもちゃを聞いていたから用意しておいたんだ、気に入った？〃

ガブッ!!　ボクはぬいぐるみをビュンビュン振り回した。それを見て皆は大笑い!!

〃リコちゃん、良かったね〃

〃これからは元気に、そして幸せにね〃

そう言っておばさん達は帰って行った。

ふたりになると彼が、

〝これから宜しくね、相棒のリコ〟

と、声をかけてきた。

ボクもこれから、彼の事を相棒と呼ぶ事に決めたんだ。

〝リコ、早速お散歩に行こうか〟

ボクにリードを付けて外に出た。

少し歩くと公園に着いた。ボクは初めての場所に来て少し興奮していた。見た事のない景色、初めて嗅ぐ匂い。ボクはうれしくなって公園中を歩き回った。

ボクは後ろを見上げて相棒を見た。

相棒が言った。

〝大丈夫、俺は居なくならないよ〟

ボクは言った。

〝違うよ相棒、ボクは楽しくてしょうがないんだよ。だからうれしい顔を見せているんだ!!〟

⑤お母ちゃん

散歩から戻ると家に人が居た。
〝リコ、俺の母ちゃんだよ〟
相棒がボクに教えてくれた。
母ちゃんはしばらくボクを見つめていると、
〝リコちゃん〟と、名前を呼んでくれた。
でも少し、言葉がうまく話せない様で何か口《クチ》ごもった言葉だった。
〝お母ちゃんは病気でうまく話す事ができないんだよ〟
相棒が教えてくれた。ボクも母ちゃんをじっと見つめた。お母ちゃんの瞳の中に、とっても心優しい感情を感じた。

それがボクの母ちゃんの第一印象。

夜になって相棒がボクのゴハンを用意してくれた。たくさん公園を走り回ったせいもあってゴハンをモリモリ食べた。

〝初日だったし、たくさん遊んだから疲れただろう、リコ〟

そう言うとボクをリビングにあるマッサージチェアに乗せてくれた。

ボクはすぐに夢の中へ。

⑥３人でお散歩

朝起きるとボクは自分のベッドで寝ていた。
あの後相棒が抱っこして連れてきてくれたみたいだ。起きて部屋から出ると、
〝おはよう、リコ。ゴハン食べるかい〟
そう言いながらボクを抱っこして下に。
リビングに行くとお母ちゃんが居た。
ボクがゴハンを食べていると、トナリに来て、頭を撫でてくれた。
〝今日は天気が良いから、３人で公園へ、散歩に行こう〟

そう言ってお散歩用のバッグを持ってきた。

お母ちゃんは靴を履いて出掛ける用意を始めた。

昨日来た公園に着いた。ボクはうれしくなってリードを引っ張った。後ろに目を向けると、相棒の後ろからお母ちゃんがピョコピョコと歩いている。

ボクはそれを見てスピードを落とした。

〝リコ、ありがとう。お母ちゃんのペースに合わせてくれたね〟

相棒に褒められた。

今は12月。風は冷たいけどボクは公園の中を楽しく歩き回った。

⑦お部屋を探険

翌日。相棒はボクに朝ゴハンを作ると、仕事へ行った。お母ちゃんは病院へ。

シーンとなった部屋でボクは少し不安になりそうだったけど、相棒がラジオを点けて行ってくれたのでそんな気分もなくなった。

〝お部屋の探険だ！〟

ボクが居る2階には、相棒と一緒に過ごす部屋、相棒の寝室、ボクの部屋と3つある。

一緒に過ごす部屋には気になるものがある。

⑦お部屋を探険

丸いミドリ色した硬いもの。椅子に飛び乗って机の上にあるそれを前足で押してみた。

ころころと転がって下に落ちると目が赤く光って、耳をパタパタさせながらしゃべり始めた。ボクはびっくりして身を潜めた。

恐る恐る近づいて前足でつつくと転がりながらまたしゃべり出した。その度に耳をパタパタさせるのが楽しくてしばらく遊んだ。

次は相棒の寝室の探険だ。

いつもドアは閉まっていたが今日は少しだけ開いている。鼻で押して入ってみると…。

奥の方に大きなバッグが置いてあった。

近づいてみるとチャックが開いていて、そこの中に何か入っているのが見えた。それは…。

ボクの大好きなぬいぐるみがいっぱい!!

バッグの中に顔を突っ込み、入っていたぬいぐるみを外へ放り出した。

そしてひとつずつ、丁寧に中の綿を出した。

どれ位、時間が経《た》ったのだろう。気がついたら部屋は白い綿だらけ。

さんざん、綿出しをしていたのでアゴが疲れてしまった。ノドも渇いたので自分の部屋に戻って、お水を飲んだ。

〝少し疲れたからソファでおやすみしよう〟

そう思って歩いているとバルコニーの窓に鳥がいた。

ボクが近づいても鳥は逃げずにボクの事をじっと見ている。ボクが窓のフチに前足をかけて二本足で立ってみると、鳥はびっくりして飛んで行った。

それを目で追うと、鳥の先には白くてモクモクした雲が風に吹かれて右から左へと、ゆっくり動いている。

〝相棒に出会えて良かったなあ〟
〝こんな楽しい時間がくるなんて、ボクはあの時思ってもみなかった〟
〝おばさん、そしてセンターから出てきた時にボクに優しくお世話してくれた人…〟
〝皆、ありがとう！〟
そう思いながら、ソファでお昼寝した。
どれ位、時間が経《た》っただろう。
玄関を開ける音がした。
〝リコ、帰ったぞ！〟
相棒の元気な声とお母ちゃんが一緒に帰ってきた。
相棒は2階へ上がってくるなり部屋じゅうを見渡すと…。
〝リコ、暴れていたな！〟

その惨状を見てボクはてっきり怒られると思った。でも相棒は怒らず、何故かうれしそうに掃除をしていた。

リビングに行ってゴハンを食べ終わると、

〝リコ、お母ちゃんの所に行ってごらん〟

と、相棒に言われて行った。

トナリに座ってシッポを振ってると、こっちを見て優しく笑いかけてくれた。

〝リコちゃん〟

と、呼んでボクを撫で撫でしてくれた。

〝リコ、良かったな〟

相棒が安心した顔をして声を掛けてきた。

⑦お部屋を探険

ボクはいつも夜は相棒と一緒のベッドで寝ている。最初はいつも彼の股の間で寝ているんだけど、朝起きるとボクは彼の顔のトナリに顔を出して寝ています。

⑧ふたりの会話

いつもの様に夜の散歩して、ゴハンを食べ終わってマッサージチェアでボクがうたた寝をしていると、ふたりの会話が聞こえてきた。

お母ちゃんが相棒に話している。

〝近所の人達が私がしゃべれないからと、悪口を言っている。それを笑っている〟

相棒はそれに対して、

〝誰もそんな事、言っていないよ〟

お母ちゃんにそう言っていた。

お母ちゃんは脳こうそくで倒れたせいもあって、おしゃべりがうまくできなかった。

その話を終えると相棒はボクを抱っこして2階へ上がった。そして部屋に入るとボクに話しかけてきた。

〝リコ、お引っ越ししようか〟

〝海の近くに住んで砂浜をお散歩しようか〟

えっ？　海って。ボクはまだ見た事がないよ。そう思いながら相棒の顔を見ると、少し疲れた様で、寂しそうだった。

⑨海の近くへお引っ越し

数日後、相棒がまとめた荷物を、作業服を着た人達がトラックに乗せて引っ越し先へ。

そのトラックを見送って、

〝俺達も出発だ、リコ。お母ちゃんに抱っこしてもらって〟

ボク達は相棒の運転するクルマで出発。

ボクはドライブが大好き！

走り始めると、窓から春の風のやさしくて、ほんわかした風が入ってきた。

それがとても気持ち良くてボクは、ワンワンと元気な声を出していた。

⑩初めての砂浜

ボク達の方がトラックよりも先に着いた。
相棒が、ボクにリードを付けると、
〝リコ、砂浜に行ってみようか〟
という言葉にボクも、〝行きたい！〟と、元気な声で応えた。
10分程歩くと、大きな道路に架かっている歩道橋を渡った。渡り切る前に
ボクの目の前に青い色した大きな景色が広がった。
〝リコ、これが海だよ〟
砂浜に足を踏み入れると、ボクの足の重みで砂に足あとが残った。

〝波打ち際へ行ってみようか〟

ザーッという音と一緒に波がボクの足元迄近づいてきた。ボクがびっくりして後ろに下がると波も一緒に後ろへ下がった。

ボクはそれが楽しくて、シッポをビュンビュン振った。ボクは興奮してその波打ち際を走り始めた。リードが突然引っ張られたので相棒もびっくり。それでもリードをしっかり持ち直してボクの後を追い始める。

〝何て楽しいのだろう、砂浜って〟

ボクはそう思いながらスピードを上げた。

⑪事件

さんざん楽しんだその日の夜。

〝お母ちゃん、寝る前にクスリを飲んで〟

相棒がクスリを渡した。

クスリを飲んでいる、お母ちゃんの手から白い何かが下に落ちた。ボクはまた、お母ちゃんがオヤツを落としたと思い、パク!!

ボクはいつもの様にいただいた。でも何も味がしなくてがっかり…。

皆で2階へ上がって寝る準備を始めた。

相棒の布団のトナリにボクのベッドを置いて抱っこをしてくれた時だった。

ボクは突然気持ちが悪くなり、吐いてしまった。天井がぐるぐる回ってフラフラしているボク。それを見た相棒が慌てている。

〝どうした、リコ!?〟

タオルでボクの口を拭いて、ベッドへ。

お水を持ってきて、ボクの様子を見てる。

ボクは本能的に胃の中をキレイにしなくてはと思い、水を飲んでは吐くを繰り返した。

数時間、それは続いた。

相棒が何度かタオルを交換をしてくれていると、

〝リコ、お母ちゃんのクスリ食べたな?〟

〝下にカケラがあったぞ〟

そう言いながら、ボクのトナリに添い寝をした。

〝明日の朝になっても症状が変わらなければ病院へ行こう〟

翌朝、ボクが目を覚ますと相棒はまだ、寝ていた。ボクはカラダを伸ばしてみた。

〝あれ？　もう気持ちも悪くないし、ちゃんと立てる！　オナカが空いたよ！　相棒、ゴハン作って！〟

そう、元気にワンワンと声を上げた。

相棒がびっくりして飛び起きた。

〝リコ、元気になったかい？〟

〝その感じなら、病院は大丈夫そうだね〟

ゴハンを作って持ってきてくれた。

ボクがそれを食べていると相棒が言った。

〝リコ、お母ちゃんの足元禁止（笑）〟

⑫お母ちゃんはお花博士

梅雨《つゆ》が明け、気の早い蟬が鳴き始めたよく晴れた日。ふたりでお留守番をしていると、

〝風があって涼しそうだから、お散歩に行こうか〟

お母ちゃんがそう言ってボクにリードを付けた。

初夏の気持ち良い風が吹く海浜公園を歩いていると、背の高い丸い顔した周りに黄色い花びらを付けた花が並んでいた。

ボクが気にした素振りをみせると、

〝この花は向日葵《ひまわり》と言うお花〟

⑫お母ちゃんはお花博士

〝花言葉は、私はあなただけを見つめる、憧れ〟
と、教えてくれた。
〝桜は、精神美、優美な女性、純潔〟
〝梅《うめ》は、上品、高潔、忍耐、忠実〟
〝前に土手に黄色い絨毯の様に咲いていた花は菜の花で、小さな幸せ、活発、豊かさ〟
〝私達もお花の様に、明るく楽しく、元気に過ごそうね〟
そう言ってボクに優しく微笑んだ。
お母ちゃんは、お花博士だ。

ボクは相棒とのお散歩が大好き。海浜公園、砂浜、ドッグラン、
でもボクは他の犬がボク達に近づくとワンワン吠えちゃうんだ。
だってふたりの楽しい時間を邪魔されたくないんだ。

⑬ 記念写真

人々で賑やかだった8月の海も、トンボ達が秋の声を連れてき始めたある日。

〝天気も良いし、３人でドライブへ行こう〟

相棒がそう言って出掛ける用意をした。

ボクはドライブが好きだから大騒ぎ！

30分程走ると、海の見える公園に着いた。

入り口の広場を３人で入って階段をゆっくり上がると、海が一面に広がっていた。

風が吹いて雲ひとつない青空もあって青一色の景色。遠くに大きな山も見えた。
〝富士山もよく見えて良い景色〟
お母ちゃんがボクに山の名前を教えてくれた。
ボク達は爽やかな風に吹かれながら、しばらくその景色を眺めていた。相棒が言った。
〝ここは夕陽も綺麗だからまた3人で来ようね〟
階段を下りて行くと、石碑があった。
〝リコ、お母ちゃんと石碑の前に座って〟
ボク達が座ると、写真を撮ってくれた。
ボクは3人で夕陽を見に来る日が楽しみになった。
でも、お母ちゃんが歩いてお出掛けができたのは、この日が最後になってしまった。

⑭右往左往

それから数日後。相棒が仕事へ行ってふたりでお留守番をしていたある日。この時のお母ちゃんは要介護2。身の回りのお世話をしてくれるヘルパーさんが週に2回、来てくれていた。今日はお風呂に入れてもらう日。まだチャイムも鳴っていないのに、お母ちゃんが壁をつたいながら歩いて2階へ。ボクがまだ来る時間でもないしどうして2階に上がるの？　と思っていたら急に「ドスン!!」と何かが倒れる音がした。

ボクがびっくりして上がってみると、部屋でお母ちゃんが倒れていた！

〝大変だ!!〟

ボクは大きな声を出して助けを求めた。

それと同時に玄関のチャイムが鳴り、ボクの声を聞いてヘルパーさんが異変に気づいて中に入ってきた。

それを見てお母ちゃんに声を掛けながら、救急車を呼んだ。救急隊の人達が慌ただしく来てお母ちゃんを救急車に乗せた。

ボクが不安で声を出していると、

〝リコちゃん、大丈夫だからね、少し待っていてね〟

ヘルパーさんは一緒に救急車へ乗った。

独りになったボクは、とっても不安な気持ちで相棒の帰りを待った。

〝お母ちゃん、大丈夫？　ボクはとっても心配《しんぱい》だよ〟

しばらくすると、相棒が慌ただしく帰ってきた。

〝リコ、ただいま。お母ちゃんの事でびっくりしたね。病院行って様子を見てきたけど大丈夫だからね。少しだけ入院はするけど、ちゃんと元気になって帰ってくるよ〟

その言葉を聞いてボクは安心した。

〝お母ちゃん、早く戻ってきてね〟

⑮要介護2から介護5へ、寝《ね》たきりの介護生活

お母ちゃんが退院してきた。

病院で検査をした診断結果、病名は、進行性核上性麻痺《しんこうせいかくじょうせいまひ》。この病気の症状は、転びやすくなったり、しゃべりにくい、飲み込みにくい等がみられること。今回も、この転びやすいという症状で倒れてしまったのだろう。

ゴハンの時も飲み込みづらそうだった。

徐々に動作が緩慢になるとともに、手足の関節が硬くなって進行すると寝《ね》たきりになる。

人によってその進行速度が違うらしいけど、お母ちゃんの場合、とても速

く進行していて退院したその日から寝《ね》たきりだった。

退院してくる前日、ケアマネージャーさんと業者の人達がお家《うち》に来て、ボク達のリビングに、ベッドが置かれた。

夕方、相棒とふたりで海浜公園へお散歩に行った。

相棒がボクに話しかけてきた。

〝これから、お母ちゃんの介護でお金がとってもかかるんだ。リコはドライブが大好きだけどクルマは手放さないといけないんだ。我慢してくれるかい〟

その表情は、とても寂しげで悲しそうだった。散歩から帰宅すると相棒はクルマで出掛けて行った。しばらくして相棒は歩いて家に戻ってきた。

ボクはこのふたりの為に、特別な訓練はしていないけど、心が癒せる様いつもそばに寄り添っていこうと決めたんだ。

バースデーケーキスタンバイ！　ハッピーバースデーリコ♪
歌ってくれるのはいいけど相棒！　早くろうそく消してケーキを切って！　食べたいよーっ！

⑯ 東《ひがし》日本《にほん》大震災《だいしんさい》

寝《ね》たきりの生活が始まって半年。

毎日、看護師さん、ヘルパーさん、月に数回診断に来るお医者さん等、ボク達の家にはたくさんの人が出入りしている。

ボクはその人達をいつも大きな声を出してお出迎えをしている。

お母ちゃんの身体を拭いたりオムツを交換したり、胃《い》ろうから栄養を注入したり…。

胃《い》ろうについては後で説明するね。

ボクがいつもそれをトナリで大人しく見ていると、お世話が終わった後に遊んでくれた。

〝リコちゃんと遊んでるとこっちが癒されちゃうよ〟

ボクは皆を癒しちゃうみたい。

そんなある日の午後。あの大きな地震が起きた。お世話も終わってヘルパーさんが帰って、ボクはお母ちゃんのベッドの横に居ると突然、大きな揺れ。

テーブルに置いてあったものが飛んできた。

家具が倒れる様な地震だったけど、相棒がしっかり固定してあったので倒れてこなかった。ボクはお母ちゃんが心配《しんぱい》で、ベッドの横にある台の上に飛び乗って顔を見た。

〝びっくりしたね、リコ。私は大丈夫〟

お母ちゃんがボクの心に囁いてきた。

揺れはその後も続いた。とても不安…。

〝早く帰ってきて、相棒！〟

でもなかなか相棒は帰ってこない。

次の日の夕方になってやっと、相棒が帰ってきた。朝にケアマネージャーさんが来てボク達の無事を確認してくれていた。

〝ただいま、ふたりとも不安だったね〟

〝電車も動かないし、仕事もあったからなかなか戻れなかったんだ〟

〝朝、ケアマネさんから連絡が来てふたりの無事は教えてくれていたんだ〟

そう言いながら、お母ちゃんのオムツ交換、胃《い》ろうの準備、ボクのゴハンの用意と忙しくカラダを動かしていた。

一段落して椅子に座るとビールを一口飲んでからボクに、

〝疲れた、眠い。リコ、今日はお散歩は無しね〟

そう言うと椅子に座ったまま寝ていた。

⑰ バリアフリーのお家《うち》へお引っ越し

いつもの様に海浜公園へ相棒とお散歩。

桜も見事に咲いていて、ピンクの花びらも風が吹くと気持ち良さそうに空へと舞い上がる。池に居る亀も心地良い陽射しに誘われて石の上に登って甲羅干し。空にはトンビがピーヒョロロと鳴きながら羽を広げて飛んでいる、いつもの風景。

〝リコ、またお引っ越しするよ。

この前、大きな地震があったよね。

今住んでいる家は海が近いからね。

もう少し、駅に近いお家《うち》に行くよ。

クルマも手放してしまったから、リコの好きなこの公園にはしばらく来れなくなるけど、ごめんね〟

相棒がボクの目を見て話しかけた。

ボクはそれに、

〝ボクは3人で一緒に居られればいいんだよ〟と、応えたんだ。

数日後、ボク達は引っ越しをした。

中に入ると正面にリビング。玄関からその部屋迄、車椅子が通る事ができる広さがある。そのリビングには、お母ちゃんのベッドが置いてある。その部屋のボクの場所は、テレビ台の下。そこは、お母ちゃんがテレビを観ればボクも見える。ベッドの横にはボクが上がれる椅子もある。

2階に上がると部屋がふたつ。それを仕切っているトビラを外してひとつの大きな部屋になっていた。
小さなバルコニーがあって外に出てみると、下から女の人の声がした。
〃あら、引っ越してきたの？　お名前は？〃
相棒が、リコですと言ってくれた。
それに続いてボクが、〃よろしく！〃と元気に応えた。夕方、お母ちゃんがデイサービスから戻ってきた。初めて見る部屋に、お母ちゃんはキョロキョロ。相棒が、
〃どう、新しい家は？　新しいと言っても建物は古いけどね〃
そう言うと、相棒は笑った。
ボクはふたりの周りを、はしゃぎ回っていた。

⑱ 進行性核上性麻痺《しんこうせいかくじょうせいまひ》

年も明けて、早春。

〝3人で裏の公園へ行こうか〟

そう言って相棒は、お母ちゃんの車椅子に。

もうこの時にはお母ちゃんの身体全体は硬直《こうちょく》していて、乗せるのも大変。

玄関にスロープを置き、車椅子を下ろしてさあ、出発。相棒はボクのリードを握ってゆっくりと車椅子を押す。キョロキョロ、周りを見渡す、お母ちゃん。後ろを見上げると笑顔の相棒。それを見てボクはうれしくなって、シッポをビュンビュン振り回した。

公園に着くと、相棒は早咲きの梅《うめ》の木の下へ車椅子を止めた。ボクをお母ちゃんの膝の上に乗せた。

〝お母ちゃん、胃《い》ろうしているから静かにね〟

〝大丈夫だよ、知ってるから〟

ボクと相棒は、そんなやりとりをした。

3人で白梅《はくばい》や紅梅《こうばい》の華やかで甘い香りがほんのりと感じ、とてもリラックスした気分になった。

※胃《い》ろうとは、手術で腹部に小さな穴を開け、チューブを通し、直接胃に栄養を注入する医療措置の事。

耐久性の問題もあり、定期的な交換が必要で、お母ちゃんは半年に一度、交換している。交換は病院で行ない、大体10分位で交換は出来る。

⑲体調に異変

仕事へ行ったり、お母ちゃんの介護と忙しい毎日の相棒。今、彼の睡眠時間は3時間。

朝3時に起きて、オムツ交換、胃《い》ろう、ボクの朝ゴハン、そして仕事の支度をして、飛び出して行く。夜、8時頃帰宅すると、それに洗濯が追加。

そんな生活が一年位続いたある朝。

起きる時間になっても相棒が起きない。

ボクが顔ペロをして教えると、

〝ありがとう、リコ。わかっているんだけど身体を起こす事ができないんだ〟

その日の午後、相棒は病院で、極度の疲労と診断された。

ボクはと言うと、朝起きると腰に力が入らない。歩く事ができない。相棒に病院へ連れて行ってもらい、診断してもらうと軽度のヘルニアと言われた。しばらくクスリを服用していた。

相棒は半年程、仕事をお休み、ボクはクスリで完治した。ふたりとも介護に追われ、少し疲れてしまったのかも。

わーい！　クリスマスのお肉だ！　これはたくさん食べないと！　お湯で解凍して少し冷まして、相棒が食べやすい大きさに細かく切ってくれて…待ちきれない！

⑳お母ちゃんの匂い

5月。今日は朝から風が強くて、激しい雨が降り、午後になると雷《かみなり》が鳴り響いた。

ボクは雷《かみなり》が苦手。テレビの下にあるボクのベッドで縮こまっているとお母ちゃんが、

〝リコ、怖いのならこっちにおいで〟

ボクの心に囁いた。

急いでボクは、病気で動かなくなってしまった右腕と身体の間に、身を寄せた。

雷《かみなり》が通り過ぎる迄ボクは、お母ちゃんの懐に包まれていた。
お母ちゃんの匂いは甘いお花の様だった。

㉑お母ちゃんが虹《にじ》の橋《はし》を渡って行った

梅雨《つゆ》の頃になると、お母ちゃんは苦しそうな咳をする様になった。往診に来た先生が、それを見て、痰《たん》が絡む様になったね、ノドの力が弱くなってきているから吸引器《きゅういんき》を用意しますか。相棒に進言していた。

早速、吸引器《きゅういんき》が用意され、相棒に使い方を説明していた。慣れない事で相棒も苦戦している。

7月に入るとその痰《たん》絡みも多く、平熱よりも少し高い日が続いていた。お母ちゃんの介護が始まった日から、相棒とヘルパーさんのやり取りするノートも何冊目だろう。

この日は看護師さんが、介護を始めた時からそのノートに書いてある体温を確認していた。

ボクはお母ちゃんに、心の声で問いかけた。

〝大丈夫？　お母ちゃん〟

〝咳が出て、苦しいの〟

と、お母ちゃん。

〝お母ちゃん頑張って!!　ボク達が傍に居るからね〟

〝リコちゃん、いつも傍に居てくれてありがとう。私は大丈夫だから相棒の傍に居てあげてね〟

そう言うと、お母ちゃんは寝息を立て始めた。

それと同時に看護師さんが電話をかけた。

いつも来てくれる先生の所だ。その電話を切るとまたすぐに電話をかけた。

数分後、救急車のサイレンの音がした。

その音が家の前で止まった。

ボクがびっくりして吠えていると、

〝お母ちゃん、体調悪くなったから病院で診てもらうね、大丈夫だからね〟

看護師さんが言った。

ボクは静かになった部屋で独りぼっち。

いつもの様にテレビの音が流れている。

その音の後ろから、時計の針の進む音が聞こえてきた。カチ、カチ、カチと。

その音がボクの耳にまとわりつき、不安な心を掻き立てた。

〝お母ちゃん、大丈夫だよね。前の時もちゃんと帰ってきたよね。今度も帰ってきたら顔中をペロペロするからね〟

相棒が帰ってきた。

〝お母ちゃん、体調良くないから入院する事になった。でも大丈夫。また良くなって帰ってくるからね〟

相棒はボクを安心させようとそう言っていたが、その表情は厳しかった。

それをボクに伝え終えると、あちこちに電話をしていた。

翌日の夜、ボクは忘れられない日を迎える事となった。

〝明日も朝早く病院へ行くから、そろそろ寝ようか〟

そう言ってボクを抱っこして2階の寝室へ。

突然、ケータイが鳴った。病院からだ。

〝脈が弱くなっています、すぐ来れますか〟

声がもれてきた。

〝お母ちゃんの所に行ってくるから〟

そう言うと相棒は着のみ着のままで飛び出して行った。
〝お母ちゃんに何かあったの？〟
ボクは不安な気持ちになっていた。
すると、何故かお母ちゃんの気配が。
囁く様にボクを呼んでいた。
〝リコちゃん、リコちゃん〟
ボクはその声に、
〝お母ちゃん、元気になって帰ってきたの？〟
そう開くと、
〝リコちゃん、いつも傍に居てくれてありがとう。私はもう大丈夫だからね。
これからも相棒の事、宜しくね〟
そう言い終わると、ボクの周りからお母ちゃんの気配が遠ざかっていった。

明け方、相棒が悲しそうな、そして寂《さび》しい表情をして帰ってきた。
〝リコ、お母ちゃんね、さっき虹《にじ》の橋《はし》を渡って逝ったよ〟
と言って椅子に座った。そして、
〝帰ってくると信じて、ベッド回りもキレイにしておいたんだけどね〟
〝介護して7年。色々あったけど何だか最期はあっさりだったな〟
寂しそうにそう言いながらボクを抱き上げてベッドの上に。
〝リコもここで、お母ちゃんの顔ペロしたり、よく介護してくれていたね。
まだお母ちゃんの匂いがするだろう？〟
お母ちゃんの笑顔で満ちていた部屋。
お母ちゃんが必死で頑張った部屋。
お母ちゃんと一緒にテレビを観ていた部屋。
お母ちゃんの介護で沢山の人が出入りした部屋。

お母ちゃんとの思い出がいっぱい詰まった部屋も今は静まりかえっている。寝る間もなく、相棒は朝になるとあちこちに電話をかけていた。それが終わると、お母ちゃんのお葬式の打ち合わせでセレモニーセンターへ。

それが終わって戻ってくるとすぐに、

〝リコ、お母ちゃんに会いに行こうか〟

ボクにリードを付けてまた、セレモニーセンターへ今度はふたりで行った。

自動ドアが開いて女の人が出てきた。

〝この子がいちばん、見守っていてくれたので、顔を見せてあげたいのですが〟

と、相棒が言うと、その女の人が笑顔で、

〝どうぞ、ゆっくり会わせてあげてください〟

と、声を掛けてくれた。

奥に通された部屋には、お花がたくさん飾られていて、部屋中お線香とその花の匂いでいっぱいだった。そのたくさんある、花の前の祭壇には細長い大きな木の箱が置かれていた。

〝これはね、棺っていうんだよ〟

相棒が教えてくれた。

ボクを抱き上げて棺に近づいて中を見るとそこには、きれいな花に包まれたお母ちゃんがいた。お母ちゃんはとても優しくて穏やかな表情をしていた。ボクは鼻を近づけてお母ちゃんの匂いを忘れない様に、クンクンと匂いを嗅いだ。そして最後に、いつもの様に顔ペロをしてあげた。

㉒リコ！　リコ！　相棒の声を聞きながら

お母ちゃんとのお別れから4年が過ぎた頃、ボク達は3回目のお引っ越しをした。

相棒がボク達のお家《うち》を買った。

〝リコ、ふたりのお家《うち》だよ。日向ぼっこしながらゆっくり過ごそうね。お父ちゃん、お母ちゃんも見守っているからお留守番も寂しくないよね〟

この時のボクは17歳。相棒にお迎えしてもらった時に、病院で4～5歳と言われてきてから12年経《た》ったから足すと17歳になる。

最近のボクは、目が少し見えづらく、耳も遠くなってきた。あまり、お散歩にも行かなくなった。でも新しい家には、バルコニーが広くて、そこを散策するのが好きだ。

相棒は中古でクルマを購入して、ボクが大好きなドライブに連れて行ってくれて、近くの砂浜や公園にも行った。

見えづらくても耳が遠くなっても、ボクは相棒の傍で楽しく生活している。

12月。ボクをお迎えした月を毎年誕生月にしてくれて、相棒はケーキやお肉をご馳走してくれた。今回も用意してくれた。

クリスマス。その日のボクはそれらをたくさん食べた。まるで何処かに旅立つ前の様に。

〝リコ、仕事に行ってくるよ〟

相棒はそう言うと次に、

〝リコ、大好きだよ〟

と、いつも出掛ける時には言ってくれる。

その日ボクは、相棒が出掛ける迄、彼の姿を目に焼きつける様にじっと見つめていた。

静かになったお部屋でボクは独り。

お昼頃には陽射しが入ってポカポカ。

〝相棒とこのお家《うち》でよく日向ぼっこしたなあ。公園や砂浜にもドライブに行ったなあ〟

そう、今ボクは日向ぼっこしながら、初めて相棒と会った時、お母ちゃんとの事を思い出しながら、相棒の帰りを待っている。

陽が沈み始めた頃、相棒の乗るクルマの音が聞こえてきた。

〝相棒が帰ってきた！　もうすぐ会えるね。ボクを心配《しんぱい》してスピードを出し過ぎないでね〟

すると、〝リコ！　リコ！〟と、ボクを呼ぶ相棒の声。そして、
〝リコ、大好きだよ！　大好き！　大好き！〟
いつも相棒が出掛ける時に言ってくれた声が聞こえてきた。
ボクはそれを聞くと、深呼吸をひとつして虹《にじ》の橋《はし》を渡り始めた。
その虹の橋の向こうで、お母ちゃんが笑顔で手を振っていた。

ボランティアさんに近況報告をする時に撮ったボクと相棒の写った写真。いつもお出掛けはふたりだから一緒に写った写真はとても少ない。この日のボクは緊張気味な顔をしているなあ。

リコへ

大好きなリコへ

突然、キミが虹《にじ》の橋《はし》を駆け上がってしまってとても寂《さび》しいよ、リコ。ごめんね、もう少しキミの身体を気づかってあげればと、今も悔いが残るよ…。でもそんな事を言ってもキミが心配《しんぱい》するだけだね。

リコとの出会いは12年前、ボランティアさんと駅で待ち合わせをした時だったね。

声を掛けるとキミはその長い身体、ちょっと短い足、ミニチュアダックスの独特な体型を、ボランティアさんの足の後ろに隠してボクを見ていた。そしてキミを家族、いや相棒として我が家に迎えたんだ。

リコと名前を付けたのはね、昔見ていた海外の刑事ドラマの主人公だった相棒の呼び名がリコだったんだ。とても頼りになる相棒だったので、そこからとったんだよ。

この12年、私には色々な事があった。

特に大きかったのはオフクロの寝《ね》たきりの介護の7年間。でもどんなにツライ時でもリコは私のトナリに居てくれたね。

でも一番リコが遊びたい時に、介護であまり連れて行く事ができなかった、ごめんね。

オフクロが逝ってしまった暑い夏の日…。

あの時もリコはトナリに寄り添っていてくれたね、とっても心強かったよ、ありがとう。

東京から神奈川への引っ越し、東日本大震災で海の近くから内陸への引っ越し、仕事の出向の3ヶ月。そしてふたりで日向ぼっこしようと買ったお家《うち》。いつもリコは一緒に居てくれたね、ありがとう。でももう少し、日向ぼっこの時間が欲しかったよ。

それとリコ。仕事へ行く時に、どうしていつもFM横浜のラジオをかけていったか教えようか？　それはね、違う場所にいても同じ音を聴いていれば、何処にいても君と一緒に居ると感じる事ができるから。同じ音楽聴いて、DJの話を聴いて…そういう思いがしたくてかけていたんだよ、リコならきっとわかってくれていたね。

どんな時も私のトナリに居てくれたリコ。

いつも元気に帰りを待っていてくれたリコ、本当にありがとう。

もう、お母ちゃんには会ったかな？

私ももう少ししたら、リコが駆け上がった虹《にじ》の橋《はし》を渡るだろう。

その時は、リコが私を迎えに来てね。
そして私をいろんな所に案内してね。
もう仕事に行く事もないから、ずっと一緒に居ようね。
本当に12年間、楽しい時間をありがとう。
相棒になってくれて本当にありがとう。
ありがとうがたくさんになっちゃったね。
これからもフワフワ?　トナリに居てね。
―じゃあまた、会おうねリコ
その時迄、待っていてね―

最後に…出掛ける時にいつもかけていた言葉。
〃リコ、大好きだよ！　本当に大好き！

恵一

大好き！　大好き！〃

2019・1・11

これはリコとのお別れの日、彼に持たせた手紙の内容です。

リコへ　2020

リコが虹《にじ》の橋《はし》を渡ってからもうすぐ2年。

リコとの生活で思っていた事を生かして、たくさん他に知りたい事ができて、2年かけて愛玩動物飼養管理士を2級、1級と取ったよ。

これからお迎えする子達に少しでも役に立てればと思う。

今年、ふたりをお迎えしたよ。

ふたりとも女の子。ともに7歳。

ひとりは茶色い子。繁殖業者からの保護。

名前も付けられていなくて、小さい部屋に入れられてずっとお仕事をさせられていた。

名前は最愛《もあ》と命名。皆にたくさん愛してもらえる様に。

もうひとりはリコと同じ、ブラックタンの子。飼い主の飼育拒否による保護。

外にずっと放置されていて、フィラリアに感染《かんせん》、浮腫《むくみ》もあって両目も不自由。

これからの犬生、さわやかで勇ましく、そして颯爽と歩いていって欲しいと思い、凛々しいという言葉を借りて名前はリリと命名。この子はちょっと目が離せないけど、これからの犬生楽しく過ごして欲しい。最愛《もあ》ちゃんはお姉さん気分で、後を追っかけてる。

ふたりをバルコニーに出すと大変です。

（リリ、２０２１・２・１虹《にじ》の橋《はし》を渡る）

私も里親でお迎えができるのも最後かな。
最愛《もあ》とふたり、しばらくこっちで日向ぼっこして過ごそうと思う。
もう少し、待っていてね。
その時が来たら、皆で遊ぼうな、相棒。

最後にこの場をお借りして。
保護犬支援団体　ケンの家　代表浅川様
ペットサロン　ピロ　武井様、
また、この子達の為に尽力して下さったボランティアの方々。
素敵な出会いをありがとうございました。

大好きなリコへ

最愛《もあ》ちゃん、ずっとケージから出されてなかったし、人と接してなかったからお迎えした時は、人が寄ってくるとガチガチにカラダが固まって緊張してた。今はお散歩もなれて、人が寄ってきてもシッポ振ってオナカを見せてくれる。

リリちゃん、お迎え直後から、後を付いていかないと不安な子。でもバルコニーに出るとうれしそうに歩いたり、ゴハンの時は早く！　早く！　とせかされたなあ。一緒の生活は短かったけど、クリスマスケーキやお肉を食べて楽しく過ごしてくれたかな。

著者プロフィール

佐藤　恵一（さとう　けいいち）

1965 年　東京都生まれ　神奈川県在住
日本大学法学部卒業
2020 年 1 月　2 級愛玩動物飼養管理士取得
2021 年 1 月　1 級愛玩動物飼養管理士取得
他著書
『親の介護と仕事との両立の生活とは』（文芸社、2018 年発行）がある。

ボクは相棒、リコ

2024年 7 月15日　初版第 1 刷発行

著　者　佐藤 恵一
発行者　瓜谷 綱延
発行所　株式会社文芸社
〒160-0022　東京都新宿区新宿1－10－1
電話　03-5369-3060（代表）
03-5369-2299（販売）

印刷所　株式会社フクイン

ISBN978-4-286-25345-9